정신과는 후기를 남기지 않는다.

정신과는 후기를 남기지 않는다

여덟 해 동안 만난 일곱 의사와의
좌충우돌 현재진행형 우울증 치료기

전지현 에세이

팩토리나인

오늘도 함께 맞서주고 있는
나의 가족에게

차례

더 나아진 것도,
더 나빠진 것도 없는 것 같은 기분인데
일단 약을 먹고 있기 때문에 생활은 가능해졌다.
하지만 몇 년이 지나도 치료 여부를 알 수가 없다.

아니, 나아야 후기를 쓰지!

정신과는 후기를 남기지 않는다

커서 뭐가 되고 싶냐고 물어 오면 나는 언제나 "엄마가 되고 싶다"고 대답했다.

자고 싶을 때 자고, 먹고 싶은 걸 먹고, 하고 싶은 걸 할 수 있는 전지전능한 존재라고 생각했으니까.

그런데 엄마가 되었는데도 (아이를 둘이나 낳았는데!) 자고 싶을 때 잘 수 없고, 먹고 싶은 걸 먹을 수 없고, 하고 싶은 걸 할 수 없었다.

정신과는 후기를 남기지 않는다

"하도 포시랍게 자라서 그래."

"그렇게 약해 빠져서 험한 세상 어찌 살겠냐."

"너보다 더 힘든 사람이 얼마나 많은데. 부끄러운 줄 알아라, 야."

내 주변 사람들은 물론이고 나조차 스스로를 거세게 다그쳤다. 몹시 힘든데, 힘든 게 아니라고 했다. 힘들 리가 없다고 했다.

○

어…, 어! 하면서 이리저리 떠밀리다 어느 순간 벼랑에 몰린 기분이 들었다. 이러다가 나 자신이나 아이들을 해칠 것 같아 병원을 찾아가기로 했다.

지도 검색을 하니 반경 5km 이내에 정신과가 30곳이나 있었다. 30곳! 그중 5곳은 매일같이 다니던 거리에 있었다. 엄청나게 많은 수에 한 번, 세상의 온갖 정보가 쉴 새 없이 올라오는 온라인 맘 카페에서 정신과 후기를 단 하나도 찾을 수 없다는 것에 또 한 번 놀랐다.

첫 번째 의사

유리창을 꽉 채울 만큼 커다랗게 붙여진
'정신과' 세 글자는 멀리서도 눈에 띄었다.
와, 이 건물에 정신과가 있었을 줄이야.

○

　할머니 한 분과 엘리베이터에 함께 탔다. 할머니는 한의원이 있는 3층, 나는 정신과가 있는 5층을 눌렀다. 4층이나 6층에서 내려 걸어갈까 싶었지만 타이밍을 놓쳤다.

　할머니의 따가운 시선에 온몸이 뜯겨 나가는 것만 같았다.

　심호흡을 하고 병원 문을 열었다. 그 흔한 클래식 음악조차 안 나오는 썰렁한 분위기. 또각또각 발소리마저 왠지 모르게 죄송스러워진다. 대기실에는 50대쯤 되어 보이는 아줌마 한 명이 나를 노려보고 있었다. 강렬한 눈빛에 기선을 제압당해 시선을 돌릴 수밖에 없었다.

　접수대에는 표정 없는 간호사 한 명이 앉아 있었다. 그 어떤 상황에도 평정심을 잃지 않을 것 같은 무심한 태도의 그녀가 접수를 받았다.

　　　　　　　　　　　정신과는 후기를 남기지 않는다

"처음 오셨어요? 예약은 하셨나요? 이거 먼저 작성해 주시고요."

공소시효 만료를 코앞에 두고 방심했던 수배범을 검거하기라도 한 듯 간호사의 목소리는 단호하고 우렁찼다.

"전지현 씨, 전지현 씨? 생년월일이… 맞죠? 그리고 세대주는 이곰돌 씨, 맞죠?"

고요한 병원 대기실에 내 개인정보가 울려 퍼졌다. 놀라서 간호사를 쳐다보며 눈만 껌벅이고 있었는데.

"전지현 씨? 생년월일이 이거 맞죠?"

또 묻는다.

금방이라도 눈물을 쏟을 것처럼 오그라든 나는 고장 난 악기마냥 이상한 목소리로 대답했다.

"미친년 하나 더 늘었군" 하고 말하는 대기실 아줌마의 목소리가 들리는 듯했다.

"전화번호도 불러주세요."

가혹하게도 간호사는 전화번호마저 물었다. 나는 역시나 정상이 아닌 게 확실한 목소리로 끽끽대며 번호를 댔다.

간호사는 두 번 읊으면서 확인했다. 이 여자는 꼭 두 번씩 묻는다.

의사를 만나기도 전에 이미 나는 너덜너덜하게 만신창이가 되었다.

○

'저 아줌마가 나를 공격하면 어쩌지?'

공포에 덜덜 떨며 내 차례를 기다렸다. 드디어 아줌마가 진료실에 들어가고 나 혼자 남아 안심한 것도 잠시. 진한 화장을 한 40대로 보이는 여자가 당당하게 문을 열고 들어섰다. 익숙한듯 간호사와 눈인사를 나누더니 그대로 대기실 의자에 앉아 신경질적으로 핸드폰을 만지작거리기 시작했다.

'이름도, 나이도, 그 아무것도 외치지 않았는데 자동 접수라니. 의사인가?'

알고 보니 예약 환자. 그 여자는 나보다 먼저 진료실에 들어갔고, 한참 지나 한 손에 티슈를 잔뜩 우그려 쥔 채 울면서 대기실로 나왔다.

정신과는 후기를 남기지 않는다

헉, 이런 거구나.

"전지현 씨! 진료실로 들어가세요."

바싹 마른 낙엽처럼 건조하고 딱딱한 간호사의 목소리에 정신이 번쩍 들었다.
아, 내 이름은 왜 전지현인가. 왜.

진료실은 복도 끝에 위치하고 있었다. 복도 양 옆으로는 문이 세 개 있었다. 무얼 하는 곳인지 아무런 설명도, 표지도 없는 문 사이를 홀로 지나가려니 몹시 불안했다.

'혹시…, 갑자기 문이 벌컥 열리면서 쇠사슬에 묶인 정신병자가…!'

까지 상상하다가 진료실 문 앞에 겨우 닿았다.

정신과는 후기를 남기지 않는다

○

　커다란 통 창에 예의 그 커다란 '정신과' 글자가 반전 상태로 붙어 있었다. 진료실은 볕이 잘 들어 지나치게 밝은 데다 부담스럽게 넓었다. 띄엄띄엄 놓여 어수선함을 더하는 책장들과 중학교 교무실에서 쓰던 것을 가져온 것 같은 책상과 의자가 하나씩 있었다. 벽에는 아기 사진과 함께 손발을 본뜬 조형물이 어색하게 걸려 있었다.

　'뭐야, 내과랑 똑같잖아?'

　아늑한 응접실 같은 인테리어에 보는 것만으로도 힐링이 될 것 같은 정신과 환자용 안락의자는 어디로 간 걸까? 내가 운 없게 이런 병원을 고른 건가? 혼란스러웠다. 이제 와서 어쩔 도리가 있겠는가. 그냥 자리에 앉았다.

"어떻게 오셨나요?"

"저, 우울증인 것 같아서요."

다행히 이번 목소리는 정상이었다.

"아, 그러세요. 그럼 검사를 먼저 하겠습니다. 두 시간 정도 걸리는데 괜찮으세요?"

"네."

"밖에서 기다리시면 안내해드립니다."

진료실 문을 열고 들어가 몇 마디 나눈 것이 끝인데 다시 대기실로 나왔다.

정신과는 후기를 남기지 않는다

대기실에는 부부로 보이는 할아버지와 할머니가 앉아 있었다. 두 분은 어떤 사연이 있는 건지 상상의 나래를 펼치려는 찰나.

"전지현 씨."

간호사는 다시 한 번 내 이름을 우렁차게 외치며 검사지를 쥐여줬다.

나는 간호사를 따라 다시 복도로 향했다. 아까 정신병자가 튀어나올 것 같았던, 무시무시해 보이는 문 하나를 여니 책상과 의자, 침대가 하나씩 덩그러니 놓여 있는 작은 방이 나왔다. 간호사가 나간 후 혹시나 하는 마음에 방문을 얼른 잠갔다.

○

참으로 오랜만에 만져보는 갱지와 OMR 답지. 질문지에는 비슷비슷한 질문 수백 개가 빼곡히 있었다. 일주일에 파티를 몇 번 가느냐는 등의 질문을 표현만 조금씩 바꿔서 자꾸 묻는다.

어색한 문장을 보니 1970~80년대 서양에서 만든 검사지를 그 당시 우리말로 직역한 것 같았다. 그래도 내 상태를 물어보는 질문들을 마주하니 약간의 서러움과 함께 안도감이 밀려왔다.

정성을 다해 체크를 하고 간호사에게 갖다 줬다.

5분이 채 지났을까. 곧바로 결과지를 뽑아다 주는 게 아닌가! 이건 분명 미리 준비한 결과지에 이름만 프린트하는 데 딱 맞는 시간이다. 이 검사를 받겠다고 지불한 피 같은 내 돈 15만 원. 신뢰도가 확 무너졌다.

"우울증 맞네요. 일단 약을 좀 드시고 일주일 후에 다시 오세요. 정신과 약은 작용하는 데 일주일에서 한 달 정도 걸리고요, 민감한 사람일수록 효과가 금방 나타나요. 나른하거나 조금 어지러울 수 있고요. 뭐, 금방 괜찮아집니다. 응급 약도 따로 나가니 필요하실 때 드시면 됩니다."

응? 응급?

검사 결과에 대한 의사의 설명이 있었지만, 뭐가 뭔지 제대로 이해하기 힘들었다.

결국 어리둥절한 채 쫓겨나듯 진료실을 나왔다.

간호사는 나를 힐끔 보더니 복도에 있는 또 다른 문으로 들어갔다. 잠시 후 조제한 약을 들고 나와 나뿐인 대기실에 도대체 왜일까 싶을 정도로 크게 "전지현 씨"를 외치고는 약봉지를 건네줬다.

"이건 아침 약, 이건 점심 약, 그리고 이건 저녁 약이구요. 따로 표시 되어 있는 건 필요할 때 드시면 돼요. 필요할 때."

필요할 때? 아까 의사가 말한 '응급' 얘기를 하는 것 같은데. 그게 무슨 상황일까? 물어봐야 하나? 고민하고 있는데 간호사가 빛의 속도로 사라져버려 조용히 집으로 돌아왔다.

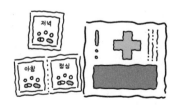

○

약 기운이 사흘 뒤부터 들이닥쳤다. 도저히 이불 밖으로 나갈 수 없었다. 내가 지금 잠을 자고 있는 건지, 힘들어서 그냥 누워 있는 건지 분간할 수 없을 만큼 온몸에 힘이 빠지고 정신이 멍해졌다.

약이 내 몸속을 돌아다니면서 뭘 하고 있는 건지 모르겠지만, 그래도 변화가 나타났다는 것만으로 곧 치료될 것 같은 기대감이 들었다.

첫 진료를 받고 일주일 후에 다시 병원을 찾았다.

엘리베이터는 이번에도 힘들었다. 문 오른쪽 버튼 보드를 몸으로 가리고 서 있다가 5층에서 잽싸게 내렸는데 문이 바로 닫히지 않아 당황스러웠다. 엘리베이터에 함께 타고 있던 아저씨들의 대화가 멈춘 것이 느껴졌다. 이번에도 불편한 시선이 등에 꽂히는 기분이 들었다.

어정쩡한 몸짓으로 겨우 병원 문을 열고 들어갔는데 이번엔 접수 중인 환자가 있어서 문 앞에 그대로 서 있어야 했다.

엘리베이터가 닫혔는지 뒤돌아 확인하려다 그만두었다. 닫혔다고 생각하자. 닫혔겠지.

이제 나도 예약 환자다. 오늘은 좀 매끄럽게 행동하고 싶었다. 하지만 야속한 간호사는 이번에도 내 이름과 생년월일, 전화번호를 두 번씩 외쳤다. 두 번씩.

"2시 반 예약하신 거 맞으시죠?"

이 문장 하나가 추가되었다는 게 나름 큰 변화였다.

그렇잖아도 찌푸린 얼굴 가득한 대기실에 내 얼굴을 하나 더 보태며 의자에 앉았다.

○

    약만 타면 된다는 환자들에게 강제로 순서를 양보당했다. 3시가 넘어서야 내 차례가 되어 진료실에 들어갈 수 있었다.

    "어떠셨어요?"

    "약 기운이 사흘 만에 돌기 시작했는데, 음… 우선은 좀 많이 어지러웠어요. 그리고 해가 중천에 떴어도 이부자리에서 일어나기가 너무 힘들었구요."

    "잘됐네요. 어떤 분은 한 달이 지나도 아무런 변화가 없었거든요."

    다행이다. 나아지고 있구나 싶었다.

    "그런데, 본인이 우울증이라는 거는 어떻게 알고 오셨나요?"

"첫아이를 난산했거든요. 너무 지치고 고통스러웠는데 저만 빼고 온 세상이 축제 분위기인 거예요. 그걸 보면서 많이 힘들었어요. 이후에도 마음이 풀리지 않고 계속 힘들었어요. 둘째 낳고 용기가 생겨서 수유만 끝나면 병원 가서 치료를 받겠다고 마음먹고 있었어요."

"제 와이프도 의사인데요, 지금 우울증이에요. 제가 아침마다 아이 등원시키고 온답니다."

"아…, 네. 참 가정적이시네요."

잠시 침묵. 의사는 갑자기 내 눈을 똑바로 쳐다보더니 한마디 날렸다.

"그런데, 언제까지 남 탓하고 계실 건가요?"
"네?"

이건 뭐지? 지금 나, 야단맞는 거야?

○

이후에도 계속 일주일에 한 번씩 진료를 받았다.

약의 부작용은 좀처럼 나아질 기미가 보이지 않았다. 일으켜지지 않는 몸뚱이를 이불로 돌돌 말면 눈물이 줄줄 쏟아졌다. 절망과 무기력이 번갈아 나를 덮쳤다.

의사를 만나는 게 몹시 불편했다. 이건 뭐 갈 때마다 호통에, 약이 힘들다고 설명을 부탁하면 "의사를 못 믿어서 어떻게 치료를 하겠냐"며 성질을 내질 않나, 약을 맘대로 바꾸고 줄이고 더하고….

다른 환자들처럼 약만 타갈 그날만 손꼽아 기다렸다.

하루는 둘째를 아기띠로 메고 병원에 갔다.

이제는 엘리베이터에 다른 사람과 함께 타도 크게 신경 쓰이지 않았다. (그래도 같은 층에서 내릴 땐 진땀이 났다.)

접수대 간호사의 무심함을 똑같은 정도의 무심함으로 대응할 수 있을 만큼 병원 분위기에도 익숙해졌다.

"약을 먹으면서 머릿속도, 가슴속도 폐허가 된 것 같아요. 아무 생각도 안 나고 감정도 안 생겨요. 좋아지고 있는 건가요? 낫는다는 느낌이 안 들어요."

의사는 뭔가 언짢은 듯 잠시 숨을 고르고는 천천히 입을 열었다.

"환자가 의사인가요? 좋아졌는지 나빠졌는지 본인이 어떻게 알죠?"

공격적으로 퍼붓던 의사가 느닷없이 손가락으로 내 품에 안겨 있는 아이를 가리키더니 이렇게 쏘아붙였다.

"지금 얘는 그나마 약 먹으면서 치료를 받고 있는 엄마한테 자라는 게 더 행복할걸요?"

느닷없이 자기를 가리키는 손가락에 놀란 아이가 내 품에 파고들었다.

내가 그렇게 엉망이었어? 애들이 지금 이 꼴을 한 엄마와 지내는 게 더 행복하다고 느낄 만큼?

누구나 절대 건드리면 안 되는 부분이 있는데 내겐 우리 아이들이 그렇다.

우울증이었지만 아이들에게는 단 한 번도 찡그린 적 없었다. 항상 많이 안아주고 웃어주고 달래주려고 노력했다. 우울증이라는 걸 알게 된 후에는 아이들에게 조금이라도 해가 될까 조심 또 조심했다. 정신과 약을 먹기 시작한 후로는 맑은 정신이 돌아온 적이 없어 아이들에게 미안해하던 차였다.

"당신 딸보다는 내 아들이 더 행복할 것 같은데? 그리고 당신 딸, 더럽게 못생겼어! 그건 알기나 해?"

라고 질러주고 싶었지만, 그러기엔 도파민도 아드레날린도 몹시 부족했다.

아이와 함께 얌전히 병원을 나와 달달한 것을 사먹은 후 집으로 돌아왔다.

○

그날 밤. 도저히 참을 수 없어 이 병원을 검색하면 나쁘다고 나오게 후기를 남기겠다는 복수를 계획했다. 구글링을 했는데, 어랏! 안 온 환자를 왔다고 서류를 꾸며 의료보험공단에 사기 치다 걸려서 무려 두 번이나 영업정지를 당했던 기록이 떴다.

이 와중에도 '아이가 태어난 후에 그랬네. 급하게 돈 필요한 일이 있었을까? 아니면, 아이가 갑자기 아프기라도 했던 걸까?' 하고 측은하게 생각하는 나를 발견했다. 과격한 약물의 습격에도 꼿꼿하게 살아 있는 나의 오지랖이라니. 이 얼마나 무시무시한가.

우린 그런 사람 아니잖아

나   있지, 병원에 갔는데 우울증이라고 해서 약 받아
       왔어.

남편   뭐? 언제 갔었는데? 누구랑 갔어? 혼자? 언제부
       터 그랬는데? 뭐야 진짜! 그럴 줄 알았어. 내가 진
       짜, 너 진짜. 옛날부터 너 그럴 줄 알았어! 아우,
       씨. 나한테 먼저 얘기를 했었어야지. 어떻게 말도
       안 하고 혼자 병원에 가냐?

우울증 진단 받았다고, 약 받아 왔다고 한마디 했을
뿐인데 펄펄 뛰었다.

실체를 알 수 없지만, 뭔가 일어나고 있다는 사실을 깨
달았을 때 곧바로 "있지, 몸이나 마음 어딘가에 이상이 생
긴 것 같아"라고 했었어야 한다는 건가. 매순간 상의하고
도움을 요청하라는 건가? 으, 생각만으로도 오글거린다.
우린 그런 사람 아니잖아.

"하루 종일 메스꺼워."

"몸살이 낫질 않아."

"매일 가위에 눌려."

"몸이 너무 지쳐서 아무리 잠을 자도 피곤해."

"너무너무 쉬고 싶어."

이런 말은 하고 싶지 않았다.

"사회에서 낙오되지 않으려 매일 전쟁을 치러."

"죽기 살기로 버틴다는 게 어떤 건 줄 알아?"

"정말 호강에 겨운 소리 하고 있다."

이런 말은 듣고 싶지 않았다.

나 우울증을 흔히 그냥 감기 같은 거라고 하잖아. 아, 그래. 마음의 감기. 뭐, 약까지 먹고 이 호들갑을 떨었으니 금방 낫겠지.

남편 그런데, 또 누가 알고 있어?

나 당신한테 처음 말하는 거야. 아, 진짜 나도 긴가민가했다니까.

남편 그래, 그래. 금방 낫겠지. 그래야지. 아무튼, 다음부터는 무슨 일 있으면 꼭 나한테 제일 먼저 얘기해야 돼 알겠지?

나 아무렴, 지금도 당신한테 제일 먼저 얘기한 거라니까.

정신과는 후기를 남기지 않는다

위로 받을 생각은 없었지만, 내가 위로하는 시간이 될 줄을 몰랐다.

그는 나름의 사태 파악이 마무리되고 내가 먹는 약에 대해서만 딱 한 번 호기심을 보였다. 내 상태나 병원 다니는 일은 어떤지 등에 대해서는 별 관심이 없는 것 같아 괜히 속상했다.

나중에 이야기를 들어 보니 그 당시 나는 '망했어, 이게 다 너 때문이야!'를 온몸으로 말하고 있었단다. 보는 것만으로도 목이 졸리는 기분이어서 가까이 다가갈 수 없었다 한다.

뭐, 그랬다 한다.

두 번째 의사

두 번째 병원은 거리는 좀 있었지만,
번화가에 있어 다니는 재미가 있었다.
대기실 창가에 앉아 밖을 바라보며
'저 가게 구경 한번 가봐야겠다' 하고
생각해보곤 했다.

○

　활기찬 사람들을 보면서 '나도 오늘은 저 안에 속해 있는 거구나' 하고 스스로를 위로했다. 무엇보다 한 달에 한 번이라도 집을 벗어날 수 있다는 것이 가장 좋았다.

　작은 병원이었지만, 진료실 문 앞에 커다랗게 걸려 있는 '환자의 권리와 의무' 포스터를 가만히 읽다 보면 마음이 편안해지고 긴장이 풀리는 아늑한 공간이었다.

　접수대에는 평상복을 입고 나보다 더 작은 목소리로 가만가만 말하는 아담한 아가씨가 자리를 지키고 있었다. 대기실의 의자는 앞사람 뒤통수를 바라보도록 일렬로 가지런히 배치되어 있었다.

○

누가 봐도 식이 장애인 빼빼 언니들, 한숨도 못 잤다는 것이 뒤태에서도 보이는 아저씨, 폐쇄공포증이나 비행공포증 같은 치명적 약점을 온몸으로 끌어안고 있는 것 같은 청년. 이 병원의 대기실에도 지친 얼굴이 가득했지만, 위치나 구조 때문인지 첫 번째 병원에 비해 평온한 분위기를 유지하고 있었다.

의사에게 이전 병원에서 진단서나 처방전 같은 걸 못 받아왔다고, 다시 검사를 해야 하는지 물었더니 괜찮다고 했다. 약도 어차피 잘 맞는 것 같지 않았으니 가장 보편적인 약부터 시작해서 변화를 살펴보자고 말했다.

푹신푹신한 의자에 기대어 앉아 듣는 의사의 목소리
는 더없이 편안했다.

"요즘 가장 힘들었던 일이 뭐였나요? 혹시 반복해서
꾸는 꿈 같은 게 있으신가요?"

정신과 의사다운 질문이 던져졌다.

그에게는 앞뒤 없이 헛소리를 줄줄 늘어놔도 뒤돌아
나올 때 부끄럽지 않게 만드는 대화의 기술이 있었다. 그는
내 이야기를 들으면서 부지런히 타이핑을 했다. 뭘 기록하
고 있는 건지 모르겠지만, 적어도 내 이야기에 관심이 있고
기억하려 한다는 기분이 들어 안심이 되었다.

그 의사가 기록한 내 파일은 어떤 내용으로 채워져 있을까? 벌써 몇 년 지났으니 폐기했을까? 아니면, 아직 보관하고 있을까?

 일상의 매 순간을 인증샷으로 남기는 사람들처럼 다시 보지는 않지만 기록한다는 행위 자체로 만족을 느끼는 그런 습관 같은 것이었을까?

 문득 궁금해진다.

어느덧 정신과 치료 3년차가 되었다. 일상이 반복되었고 약도 반복되었고 진료도 반복되었다.

처방전은 아슬아슬하지만 일상생활을 할 수 있을 정도의 약한 약들로 점점 바뀌었다.

이 의사는 상담을 중요하게 생각했다. 솔직히 이 시간을 빼면 누군가와 대화할 일도 없으니 소중하기는 한데, 반복되다 보니 어느 순간부터 부담스러워졌다.

어린 시절 이야기부터 오늘 겪은 일상의 고달픔까지 얘기하고 또 얘기했지만 문득 풀리지 않는 내 상황에 대한 답답함의 크기가 상담으로 얻는 위로를 넘어서고 있음을 느꼈다. 지난 시간을 되짚어 힘들었던 순간을 갈무리하는 것 자체가 겨우 앉은 딱지를 뜯고 상태를 확인하는 것 같아 불편했다.

하루는 몸살이 와 침을 좀 맞을까 싶어 길 건너 한의원에 갔다. 한의사는 진맥을 하고 침을 놓기 전에 약을 먼저 처방해준다며 먹고 있는 다른 약이 있냐고 물었다.

"우울증 약이요."

이렇게 대답했다. 순진하게. 그랬더니 한의사씩이나 되면서 아무렇지도 않게 "우울증, 그거 의지가 약해서 생기는 거"라며 빈정거렸다.

"진맥을 해봐도 나쁜 곳이 없네. 건강하기만 하구먼 왜 아프다고 해요?"

이거 실화냐?

너무 당황해서 비틀거리며 치료실에 들어가 누웠다. 곧이어 간호사를 대동하고 나타난 한의사는 구시렁대며 아픈 곳만 골라 침을 꽂기 시작했다.

TV에 나온 어떤 연예인은 자기가 우울증이었는데 마음을 굳게 먹는 걸로 극복했다 카더라, 요즘 사람들은 당최 힘든 걸 못 참는 것 같다, 먹고 살기 편해지고 할 일이 없어서 그런 거 아니겠냐 하면서 나를 무슨 관심병자 취급하고 혀까지 끌끌 차는 게 아닌가.

"야, 한의사 면허증 보니까 내가 너보다 두 살 많던데? 니가 나에 대해 뭘 안다고 의지가 약하네, 참을성이 없네 하면서 함부로 말하는 거야? 내가 독하기로 치면 너보다 30배는 더 독한 사람일걸? 이 자식아! 매일 노인들이 와서 선생님, 선생님 하니까 뵈는 게 없냐? 안 그래도 할머니들 한테 반말하는 거 몹시 거슬렸는데. 이놈, 오늘 우울증 환자의 매운맛 좀 보자!"

라고 말하며 벌떡 일어서려 했으나, 아뿔싸. 이미 내 몸엔 스무 개가 넘는 침이 정수리부터 발가락까지 촘촘하게 꽂혀 있었다.

혀와 손이 동시에 빠른 놈이었다.

그 후 아픈 곳이 있어 다른 병원에 갔다.

"지금 따로 드시는 약 있으세요?"

처방을 하기 전에 의사가 이렇게 묻는다.
한의원 사건 이후로 난 이렇게 대답한다.

"혈압약이나 당뇨약 같은 거 물어보시는 거죠?"

그날의 일기
약속은 언제나 다음 주로

나   나, 우울증이래서 약물 치료 받는 중이야.

친구   정신과 약을 먹는다구?

나   어.

친구   야, 그거 절대 먹지 마, 큰일 난대!

나   약 먹은 지 몇 달 됐는데 뭐. 사람들이 말하는 것처럼 쏭 가고 막 나른해지면서 갑자기 편해지고 그런 거 전혀 없던데. 아, 좀 멍해지긴 하는 것 같다.

친구   야, 그것 봐. 약 먹지 마. 정신과 치료 받으면 보험 못 들고 취업도 안 되고 치료 받는다는 거 소문나면 네 애들한테도 안 좋아.

나   병원에 사람 바글바글해. 어린애도 엄청 많아.

정신과는 후기를 남기지 않는다

친구 아휴, 니가 애들 키운다고 집에만 있어서 그랬나 보다. 안 되겠다. 나랑 같이 교회 가자. 가서 목사님 말씀 듣고 봉사도 하고 그러면 우울증 같은 건 바로 싹 낫는다.

나 어…. 나는 교회는 안 가고 싶은데. 글구, 있지. 내가 누구 만나는 게 힘들어. 우울증이 원래 그렇대. 오늘 너랑 이렇게 얘기하는 것도 한참 전부터 마음의 준비를 하고 또 해서 엄청 용기를 낸 거야. 누구랑 좀 길게 말하고 나면 며칠 동안 앓아누워 못 일어나고 그래.

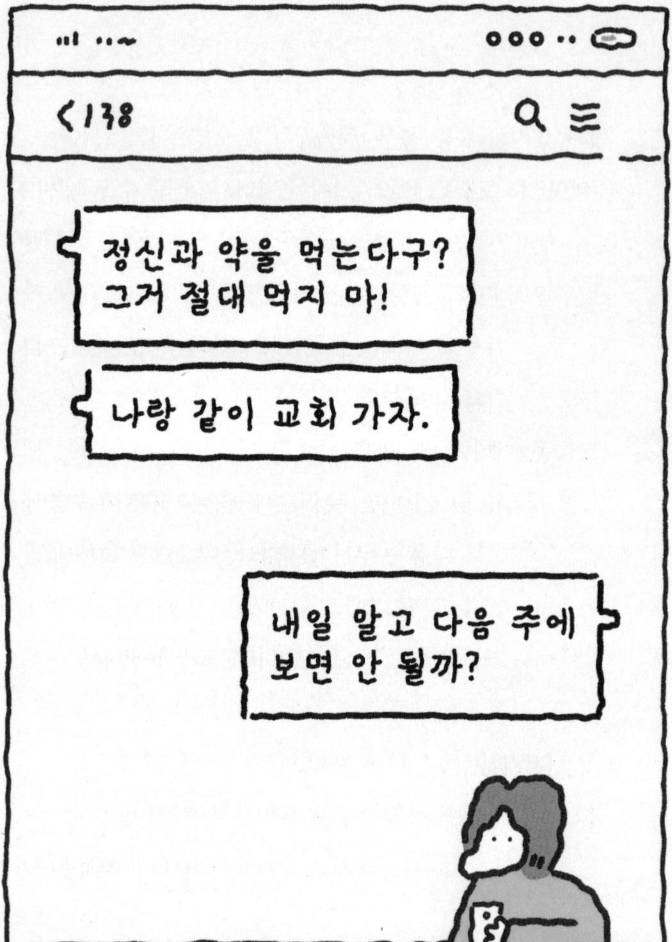

<138
정신과 약을 먹는다구? 그거 절대 먹지 마!
나랑 같이 교회 가자.
내일 말고 다음 주에 보면 안 될까?

친구 그래도 꼭 한번 생각해봐. 교회 와서 많이들 치유 받고 그런다. 너, 내일 뭐해? 내일 내가 밥 사줄게. 나와서 바람 쐬고 맛있는 거 먹고 차도 마시고 그러자. 이제부터는 나한테 애들 맡기고 외출도 좀 하고 그래. 뭐가 어려워?

나 아…, 내일? 아, 나 좀 쉬어야 하는데.

친구 그런 병 걸리면 자꾸 밖에 나가서 햇볕도 쐬고 그래야 한다니까. 내가 내일 10시에 데리러 갈게. 그냥 대충 머리만 감고 있어.

나 약이 독해서 오전에는 정신이 없어.

친구 아, 글쎄 내 말이. 그러니까 정신과 약은 안 된다
     는 거야.

나 응. 근데, 내일 말고 다음 주에 보면 안 될까?

친구 다음 주? 어디 보자. 내가 수요일이랑 금요일은
     선약이 있고. 음, 목요일 오전이 비네. 뭐 먹고 싶
     은지 생각해봐. 알겠지?

나 어, 그럴게.

일단, 다음 주로 넘기면 다음 달로도 넘길 수 있다.

건강한 일상이라는 건 촘촘하게 돌아가기 마련이다. 나는 어차피 여기 가만히 고여 있으니까 내일도, 내년에도, 언제 들여다봐도 이 자리니까 급할 거 없다고 친구들에게 말하면 다들 바짝 세웠던 날을 접는다.

　너희들에게 소홀해진 게 아니라 우울증 때문이라는 설명에 다들 안심하는 눈치였다. 어쩌면 내 시간이 멈춰 버린 것을 오히려 반가워하는 것 같기도 했다.

친구들이 자꾸만 시도 때도 없이 집에 들이닥치는 것이 힘들어 나중엔 미리 약속을 정하고 밖에서 모임을 가졌다.

"너, 몸은 좀 괜찮니?" 하며 나의 안부를 묻는 것으로 시작하는 우리 모임. 하지만 질문에 대한 답을 채 끝내기도 전에 그동안 발생한 각자의 사건 사고를 와르르 풀어놓기 시작하면서 분위기는 반전된다. 사사건건 서로 내가 맞네 네가 잘못했네 하면서 격하게 비난하는 한바탕 난장이 벌어진다. 그렇게 싸우다가도 어느 순간 끌어안고 위로하며 마무리되는 패턴은 변함 없이 반복됐다.

정신과는 후기를 남기지 않는다

환자 노릇은 병원에서만 먹힌다는 걸 깨닫기 전까지는 솔직히 좀 섭섭했다. 오만가지 약의 부작용에 시달리는 우울증에 걸렸건, 자세만 잘못 잡아도 허리가 끊어질 것 같은 디스크에 걸렸건 친구를 만날 땐 친구의 역할에 충실해야 한다.

상담과 처방은 의사에게, 간호는 간호사에게, 약은 약사에게 부탁하자.

세 번째 의사

우울증과 육아 등 삶의 모든 파도를

비로소 제어하게 되었다고

안심하고 있던 그때,

갑작스럽게 지방으로 이사를 했다.

아무리 막혀도 한 시간이면 친정집에 닿을 수 있는 곳에 신접살림을 차렸을 때도 밤마다 꿈속에서 집을 찾아 헤매고 아침에 눈 뜰 때마다 '여긴 어디지?' 하며 불안 속에 몇 년을 보냈는데, 지방이라니. 마치 대서양 한가운데 발가벗겨져 던져진 기분이었다. 아이 둘을 매달고 말이다.

　　이사는 엉망이었다.
　　흐린 정신에 실수할까 봐 무진장 애를 썼지만, 날짜 조정을 잘못해서 없는 살림에 비용을 두 배로 치러야 했다. 게다가 이사한 집은 도대체 얼마나 오랫동안 청소를 안 한 건지. 아무리 걸레질을 해도 소용이 없었고, 결국 바닥 전체를 비누와 솔을 동원해 벅벅 닦아야 했다.

　　무엇보다 큰 문제는 나름 자리를 잡아 가던 일상이 깨져버린 것이다.

ㅇ

하루가, 일주일이, 한 달이 그렇게 쉼표 없이 흘러갔다.

걸어서 갈 수 있는 상가와 병원이 없어 하루에도 몇 번
씩 차를 타고 나가야 했다.

팔랑거리는 두 아이를 포획해서 꾸역꾸역 옷 입히고
신 신겨서 카시트에 묶고서야 겨우 출발할 수 있었다. 도착
하면 첫째는 유모차에 옮겨 묶고 둘째는 아기띠로 들쳐 맨
다. 볼일을 마치면 피곤에 까칠해진 두 아이를 다시 카시트
에 묶고 집으로 돌아와 순서대로 풀어놓았다.

그런데 아이들이 언젠가부터 외출을 거부하기 시작했
다. 그때부터는 지뢰밭을 깽깽이로 지나가는 것 같은 생활
이 이어졌다.

이런 상황에서도 새 병원을 찾고 진료 받을 시간을 만
들어낸 내가 정말 대견하다. (알고 보니 이 동네는 반경 5km
내에 정신과가 무려 40곳이 넘는다!) 지금도 그때 생각을 하며
쓱쓱 쓰다듬어준다.

○

그렇게 만난 세 번째 의사는 학원 친구 같았다. 같은 학교는 아니지만 동질감은 충분히 느낄 수 있는, 오히려 적당한 물리적 거리감에서 오는 편안함이 있는 그런 친구.

이 의사는 과거가 아니라 현재와 미래에 초점을 맞춰 진료를 했다. 그러면서 우울증을 대하는 나의 태도도 많이 달라졌다.

"당뇨나 고혈압을 생각해보세요. 평생 약을 먹는다는 게 이상한가요? 약을 먹어도 치료되지 않는다며 병원을 거부하나요? 아니면 병을 숨기나요? 오래 먹어도 괜찮다는 게 입증된 약들이에요. 비타민 드신다고 생각하세요. 몸에 좋다는 건 다들 고민 없이 잘 챙겨들 먹잖아요."

내게 필요한 건 내 뇌하수체나 측두엽 어디쯤 해부학적으로 혹은 생리학적으로 약간의 결함이 생겼다는 걸 받아들이는 일이었다.

남들에 비해 감수성이 풍부하고(성격이 지랄맞고) 예민한(역시 지랄맞은) 사람이라 가까운 이에겐 유연하고 원만한 척하는 것으로 애정을 표현하곤 했다. 그런데 아이를 낳고 사실상 사회와 격리된 생활을 하면서 원만한 척하는 것을 멈출 새가 없었다. 그렇게 억제된 감정(지랄)이 쌓이고 쌓여 무언가 혹은 어딘가를 망가뜨린 것이 이 사달의 시작이었다.

친한 이들이 나의 세상 다정한 '엄마 모드'를 보고는 "너, 소시오패스냐?"며 펄펄 뛰던 것이 떠오른다. 그러고 보니 그것이 정확한 지적이었구나. (같은 모습을 본 어른들은 내가 드디어 철들었다며 흐뭇해했다!)

○

이 의사는 불안정한 상태의 내가 아이들과 건강한 관계를 꾸려가기 위해서 어떤 노력이 필요한지 함께 머리를 맞대고 고민해줬다. 자신의 자녀들이 그 나이 때는 어땠고 중고등학생이 된 지금은 뭐가 달라졌는지, 그때는 이런 게 어려웠는데 지금은 저런 게 힘들다는 얘기를 들려줬다. 그리고 다른 사람의 경우는 어떤지, 그렇다면 나는 어떻게 해야 할지에 대해 많은 이야기를 나눴다.

때로는 "아이들은 엄마의 뒷모습을 보면서 크더라고요"라는 든든한 말로 응원해주기도 했다.

활자 중독인 나에게 우울증이나 양육법에 대한 새로운 책이나 논문을 추천해주는 맞춤 진료까지 해줬다!

그는 단순한 위로가 아닌, 용기와 의지를 북돋아주는, 그야말로 최적의 의사였다.

o

내 일상에도 패턴이 생겼고 남들처럼 내일을 계획할 수 있는 여유도 가지게 됐다.

날이 추워지면 약을 늘렸고 봄이 오면 약을 줄였다. 제사나 경조사 같은 중요한 행사가 잡히면 그 전후로 약을 조절하기도 했다.

아이들은 항상 누워 지내는 엄마의 모습에 조금씩 적응하여 자기들끼리 먹고 씻고 잠들기까지 하는 늠름한 기술을 터득해갔다.

편안하지는 않았지만, 나름 평화로운 일상이었다.

그러던 어느 날, 진료를 마칠 때쯤 의사가 말했다.

"저도 결국 애들 때문에 대치동으로 이사 갑니다."

서울 한가운데로 장소를 옮겨 개원을 한 그를 만나기 위해 치러야 할 왕복 4시간은, 안타깝지만 내가 감당할 수 있는 것이 아니었다.

네 번째 의사

네 번째 의사는 30대 후반의 여자였다.

같은 아이 엄마로서 많은 부분에서

쉽게 소통할 수 있다는 장점이 있었다.

큰아이가 초등학교에 입학하면서 학부모 모임이 시작되었다. 난 학부모 모임의 첫 단체 카톡을 받자마자 병원으로 달려갔다.

이 소식을 들은 의사 왈.

"파일을 옮깁니다."
"네? 어디로요?"
"응급으로요. 이제 대기 없이 바로 진료 보실 수 있어요."

의사와 나는 마주 보고 웃었다.

"다른 엄마들도 환자분 같다면 정말 좋겠는데 말이에요. 엄마들 모임은 정말 조심하지 않으면 디프레스 엄청 심하게 옵니다. 잘 아시죠?"
"네, 네. 아이 1학년 때 반드시 가야 하는 자리가 몇 번 있을 텐데 그 몇 번만 잘 넘기면 돼요."

"오늘 드릴 이 약은 아무것도 묻지 마시고 9시 전에 꼭 드세요. 이제부터는 자정 전에 잠드는 게 우리의 목표입니다. 어떤 부작용이 와도 절대 끊지 마시고 계속 드세요. 여름방학 전까지는 응급으로 봐드릴게요. 아주 작은 변화라도 나타난다 싶으면 바로 오셔야 해요."

구구절절 맞장구를 쳐주고 그날의 상황에 딱 맞춰 다양한 약을 능숙하게 쉐킷 쉐킷 해주는 그, 의사라고 쓰고 바텐더라고 읽는다!

o

　"학부모의 일상은 한번 무너지면 다시 끌어올리는 데 꽤 많은 시간과 노력이 필요해요. 샐 것 같은 틈은 미리미리 찾아서 꽉꽉 메워 둡시다. 일단 등하교 시간에는 맑은 정신이어야만 해요. 그러니 밤에는 반드시 자야 합니다. 잠이 들도록 유도하는 약과 중간중간 깬 것을 기억하지 못하게 해서 마치 푹 잔 것 같은 기분이 들게 하는 약이 있어요. 일단 둘 다 처방해드릴 테니 드시면서 조절해 봐요."

　수면제 덕분에 근 10년 만에 아침까지 푹 잘 수 있었다. 아, 그 뿌듯함, 충만함! 다만, 깨어 있는 시간에도 몽롱함이 이어진다는 부작용이 있었다.
　걱정도 잠시, 의사는 곧바로 명쾌한 대안을 제시했다.

"그럼 이 약으로 바꾸죠. 작용 방식이 약간 달라요. 낮에 몽롱한 건 걱정 마세요. 각성제를 추가로 처방해드릴게요. 일단, 반 알씩 드세요. 상황에 따라 하루에 두 알까지는 괜찮으니까 필요하다면 아끼지 말고 드세요."

새벽 2시가 지나도 잠들지 못할 땐 네댓 시간의 꿀잠을 보장하는 수면제를 한 알 먹었다. 아이들이 집으로 돌아오기 1시간 전 그리고 저녁 식사를 준비하기 직전에는 네댓 시간 정도 충분히 맑은 정신을 보장하는 각성제를 한 알 먹었다.

부작용으로 따라붙은 두통 때문에 그렇잖아도 많은 약 목록에 타이레놀이 추가됐지만, 정상적인 엄마 역할을 해내고 있다는 것이 몹시 기뻤다.

○

큰아이 학교 발표회 날짜가 잡혔다. 보름 전부터 서서
히 컨디션 조절을 시작했다.

발표회 당일 아침, 기적적으로 맑은 정신이 들었다. 우
선, 커피를 다섯 잔 마셨다. (각성제를 먹으면 자칫 과하게 흥
분해 헛소리를 할 위험이 있다.) 그리고 따스한 볕을 따라 전
력질주로 동네를 한 바퀴 돌고 나서야 학교로 향했다.

아직 유치원에 다니는 천방지축 작은아이를 돌보느라
정신없는 척하며 스리슬쩍 긴 대화를 피했다. 다섯 잔이나
마신 커피의 카페인 때문에 손을 덜덜 떨고 약간 헛소리를
한 것도 같지만, 뭐 그 정도는 실없는 여자라고 넘길 만한
수준이었다.

그렇게 위기를 넘겼고 뿌듯한 마음에 저녁에는 아이들
과 함께 외식까지 했다.

그날 밤, 아이들을 양 겨드랑이에 끼고 침대에 누우니
그야말로 엄마 미소가 퐁퐁 솟았다.

화학의 신비는 정말 놀라웠다. 분명 같은 성분인데도 약 브랜드에 따라 몸에 나타나는 반응과 부작용이 달랐다. 구역감, 소화불량, 졸음, 두통은 기본이었다. 운동도 안 했는데 근육통이 오고, 말을 자꾸 더듬고, 손에 쥔 수저나 그릇을 떨어뜨리고, 귀가 잘 안 들리고, 눈이 침침해지고, 심지어 악몽을 꾸는 것도 부작용의 하나일 수 있다는 걸 깨달았다.

이제는 약을 바꾸느냐, 부작용을 해결할 또 다른 약을 추가하느냐라는 선택이 진료의 핵심 과정이 되었다.

의사는 새로운 약을 적극적으로 시도했다. 이런 과정을 겪으면서 내 몸의 소리에 귀를 기울였다. 하나씩 풀어가다 보면 당장은 고생스럽더라도, 언젠가 모든 것을 완전한 상태로 되돌릴 수 있을 것이라 생각했다.

마음과 몸의 평화를 동시에 꿈꾸던 시절이었다.

약 복용 기간이 길어지면서 간기능 검사를 하러 내과에 갔다. 그동안의 복용 이력을 확인한 의사가 당황해하며 물었다.

"수면제랑 각성제를 동시에 드신다고요?"

질문을 받자 순간 황당함이 덮쳤다.

"그러게요. 하하… 하."

마치 남의 일인 양 웃었다.

정신과는 후기를 남기지 않는다

우울증 환자 본연의 자세로 돌아가기로 했다. 좋아지고 싶다는 미련을 버리고 더 나빠지지 않는 것에 집중하기로 했다. 내 자신과 주변을 파괴하지 않을 정도면 된다. 어지간한 부작용은 그냥 버티면서 약의 개수를 줄이려 노력했다.

그래도 명절이나 방학처럼 일상이 뒤틀리는 시점이 오면 다른 엄마들도 다 타간다는 신경안정제랑 각성제를 (못이기는 척) 추가로 처방 받았다.

냉장고 문을 여닫을 때마다 맨 위 칸에 넣어둔 하얀 플라스틱 약통이 달그락거렸다. 그 소리를 듣는 것만으로도 든든했다.

어쩐지 집이 지저분하더라니

비밀로 하고 있었다. 속상하실까 봐. 하지만 그 바탕에는 '피, 땀, 눈물로 대학 보냈더니만 학사경고를 받아 왔어!' 같은 말을 들었을 때 느낄 법한 죄책감과 두려움이 깔려 있었다.

그렇게 몇 년을 버티다가 한계에 도달했다.

타이밍을 제대로 맞추지 못하고 약을 바꾸는 바람에 가족모임에 참석하지 못하게 됐다. (음, 어쩌면 일부러 그랬을 수도 있다.)

엄마 애는 왜 안 와?

남편 약 바꿔서 뻗었어요. 아마 못 일어날 거예요.

엄마 뭐? 약? 곰 서방, 지금 그게 뭔 말이야? 응?

남편 네? 아⋯, 그게⋯.

희생양을 내세운 치사한 수였지만 결과적으로 아주 적절했다.

핵폭풍급 갱년기를 통과한 바 있는 우리 엄마는 우울 증이 낯설지 않으셨다.

엄마 일어났냐?

나 네.

엄마 곰 서방 얘기 듣고 깜짝 놀랐다.

나 아, 죄송해요.

엄마 아니, 다른 가족도 같이 있는데서 그걸 꼭 그렇게
공개적으로 말하게 해야 했냐?

정신과는 후기를 남기지 않는다

나 헉, 그랬어요?

엄마 여튼, 근데 어쩌다가 그런 흉한 병에 걸렸냐?

나 그러게요. 죄송해요.

엄마 약도 먹는다면서? 그쪽 약 안 좋은데. 안 먹을 수
는 없는 거냐?

나 안 먹으면 아예 못 일어나요.

엄마 너 워낙 예민해서 언젠가 이럴 줄 알았어.

나 네, 죄송해요.

엄마 어쩐지, 집이 너무 지저분하더라니. 우울증 환자 집이라 그랬구만. 아이고, 말은 안 했지만 정말 갈 때마다 괴로웠다.

나 이제 잘 치울게요. 근데, 아빠는 뭐라고 하세요?

엄마 아빠? 속상해하지. 엄청 속상한가 봐. 아무 말도
        안 해.

나   아, 네….

엄마 그래 뭐, 살 좀 빼고. 매일 잘 씻어라.

나   네, 들어가세요.

그렇게 사건은 해결되었고 다시 평화가 찾아왔다.

다섯 번째 의사

다섯 번째 의사는 50대 남자였다.

좋게 말하면 차분하고,

나쁘게 말하면 표정이 없는

무심한 인상이었다.

낫·는·병·이·
아·니·에·요·

◦

로봇 같은 모습은 좀처럼 익숙해지지 않았다. 높낮이 없는 목소리, 모니터에 고정된 시선은 늘 한결같았다. 심지어 옷도 사계절 내내 똑같았다.

"낫는 병이 아니에요. 버티세요."

의사는 첫 진료 때 이렇게 말했다.

항상 같은 약을 최저치로 처방했고 진정제나 수면제 혹은 각성제가 필요할 것 같다고 말하면 잠시 뜸을 들인 후 딱 사흘치만 처방했다. 그것도 다음 진료 때 약을 몇 번 먹었는지, 얼마나 남았는지 꼭 확인했다.

드디어 한 가지 약에 정착하게 되었다. 과격한 소화기계 부작용은 식사 약속을 피하고 외출해서는 따뜻한 차 외에 아무것도 먹지 않는 등 나름의 대처 방법도 터득했다.

웬만한 사건은 약을 추가하지 않고도 며칠 누워 있으면 회복할 수 있을 정도로 안정되었다. 컨디션을 조절하는 요령도 생겨 수면제 복용량도 줄었다.

내 몸을 통제할 수 있다는 자신감이 생기면서 정상적인 사회생활을 할 수 있을 것 같았다.

"이제 애들도 다 컸고 해서 다시 일을 해볼까 해요."

"무슨 일이요?"

"책과 관련된 일을 하려구요. 제가 책 좋아하거든요."

의사는 언제나처럼 무표정하게 모니터를 바라보다가 천천히 손을 들어 책장 한 곳을 가리켰다. (어깨가 움직였다!)

"이거 다 제가 쓴 책인데 안 팔려요. 10년 전이랑 많이 달라졌어요. 하지 마세요. 망해요."

그러고는 아주 작게 한숨을 쉬었다. (감정을 표현했다!)

"에이, 제가 집에만 있어서 세상 물정 모르는 줄 아시나 본데. 제정신이 들 때마다 가는 데가 서점이고 도서관이에요. 마트보다 훨씬 자주 가요. 출판 관련 잡지도 모조리 읽고 있고요. 책에 대해서는 일반인보다 훨씬 잘 알고 있다구요."

느닷없이 허풍 섞인 잘난 척이 튀어나왔다. 아하, 환자들이 이러는 게 지겨워 사람이 아닌 척 선을 그었나 싶다.

돌발 행동에 대한 충격과 민망함을 말아 줘고 처방전을 기다리는 동안 대기실의 책장을 자세히 살펴봤다. 맙소사. 이 의사, 책을 이렇게 많이 썼어? 게다가 그림책까지! 저 국세청 ARS 같은 사람이? 심지어 이름만 대면 다 아는 출판사네.

o

　예전에 길을 가다가 무시무시하게 생긴 아저씨가 주
차된 차의 창문을 들여다보며 뭔가 알 수 없는 격한 몸짓을
하고 있는 걸 본 적이 있다.

　'차 안의 누군가를 협박하고 있는 걸까? 조용히 경찰
에 신고해야 하나? 괜히 맞기라도 하면 어떡하지? 허, 참.
여기 말고는 돌아갈 길도 없는데.'

　딱 세 걸음 앞에 접근했을 때 비로소 알았다. 그 무시
무시한 아저씨는 카시트에 앉아 있는 자기 아이와 영혼을
던진 까꿍 놀이 중이었다. 내가 나타나자 순간 제정신이 들
었는지 급하게 하늘을 바라보며 이성을 소환했다.
　그렇다. 사람은 겉만 봐선 모른다.

그러다 문득

그러다 문득,

그냥 운전 중에 문득.

'이제 그만하고 싶다.'

그런 생각이 들었다.

○

해가 중천에 떴는데도 오밤중에 억지로 일어난 듯 괴롭고 멍하다.

하지만 위경련을 걱정하며 커피를 들이붓지 않아도 금세 정신을 차릴 수 있다.

나에겐 각성제가 있으니까.

이유와 시작점을 알 수 없는 분노가 울컥울컥 치민다.

그래도 엉뚱한 곳에 화풀이를 하고 자괴감을 느끼지 않을 수 있다.

나에겐 항도파민제가 있으니까.

느닷없이 날아온 일상의 한방에 벌러덩 자빠져 일어날 수 없다.

그렇게 잠시 우왕좌왕할지언정 더 깊은 좌절에 빠져들지 않을 수 있다.

나에겐 항우울제가 있으니까.

이대로 있다가는 바싹 말라 죽을 듯 피곤한데도 잠이 안 온다.

그럼에도 몸과 마음을 안전하게 강제 종료시킬 수 있다.

나에겐 수면제가 있으니까.

정신과는 후기를 남기지 않는다

이렇게 사는 게 맞는 걸까.

영화나 드라마를 보면 부잣집 사모님들은 자기 전에 영양크림을 듬뿍 바른 후 플라스틱 통에서 알약을 꺼내 삼키곤 한다.

그건 바로 '고민 고민 하지 마'약.

남편은 바람을 피워 딴 살림을 차렸고 자식들은 온갖 사고를 치고 다니지만, 일단 푹 자고 일어나면 어찌되었건 내일이 온다.

내 남편은 바람을 피우지도 않고 자식들도 사고 치고 다니기엔 아직 어리다. 무엇보다 영화나 드라마 속 사모님처럼 부자가 아닌데 '고민 고민 하지 마'약을 홀랑홀랑 잘도 삼키고 있었다.

'나의 오늘은 소중한데. 맘에 안 든다고 이렇게 척척 넘기면 안 되는 거잖아.'

그런 생각이 들었다.

내게 최적의 의사였던, 대치동으로 이사 간 세 번째 의사를 다시 찾아갔다.

　　그동안 어떤 약을 먹었는지, 상태는 어떠했는지 한참 설명했다.

　　"그래서 결론은, 저 이제 약 그만 먹고 싶어요. 맑은 정신으로 다시 일 시작하고 싶어요."

　　"안 되는데, 위험해요. 본인의 병에 대해 저보다도 노련하셨던 어떤 분이 20년간 드시던 약을 끊으신 적이 있거든요. 그러고는 반년 만에 다시 오셔서 파산 신고하는 데 필요하다며 진단서 받아가셨어요."

진심으로 걱정하는 마음이 느껴졌다. 도리어 할 수 있겠다는 자신감이 생겼다.

일은 감당할 수 있는 만큼만, 정말 너무 작다 싶은 만큼만 벌이기로 했다. 혹시라도 다시 잠이 안 오기 시작하면 바로 병원에 가기로 다짐하고 약을 끊었다.

약을 끊고 석 달이 지났다.

감각이 예민하게 살아나기 시작하자 몸 여기저기의 사소한 통증이나 불편들이 저마다 손을 들고 아우성을 치는 것이 느껴졌다. 그리고 떼쓰는 아이들에게 으름장을 놓을 수 있을 정도의 힘도 생겼다. 무엇보다 약을 먹기 시작하면서 8kg 정도 불었던 몸무게가 4kg나 줄었다. 만세!

약을 끊고 다섯 달이 지났다.

애들 캡슐 뽑기에 쓸 잔돈이 필요해 약국에서 타이레 놀을 샀다. 예전에는 일회용 밴드나 음료수를 사곤 했다. 약을 끊은 후로 소화제와 진통제를 달고 산다.

카페인에 민감해져 그 좋은 커피는 컨디션 좋은 날을 기다려 오후 3시 이전에 딱 한 잔만 마셨다.

라디오에서 흘러나오는 서정적인 음악을 듣고 눈물을 콸콸 쏟았다. 〈무한도전〉을 보다가 갑자기 터진 내 웃음 소리에 깜짝 놀라기도 했다. 변덕의 아이콘이었던 예전의 나로 다시 돌아왔다.

모든 감각이 자세하고 날카롭게 다가와 살아 있다는 게 생생하게 느껴졌다.

마치 10년 가까운 수감 생활을 끝내고 집으로 돌아온 것 처럼 몹시 기뻤다.

내과의사

"소화가 안 돼서요.

위가 전혀 움직이지 않는 것 같아요.

뭘 먹어도 하루가 지나도록

배 속에 그대로 있는 것 같아요.

계속 메스껍고 배가 아파서

식사가 힘들어요."

○

"언제부터 증상이 있으셨어요? 차트 보니까 지난달에 도 소화가 안 돼서 오신 기록이 있네요."

"그때는 위가 아프다, 소화가 안 된다 정도였구요. 약 먹고 좀 나아진 것 같더니, 지금은 외출이 힘들 정도로 심해 졌어요. 잠도 잘 못 자고요."

"잠을 못 주무세요? 언제부터요?"

"소화가 안 되기 시작하면서 잠도 잘 못 잤네요."

"열이 난다거나 하는 다른 증상은 없으신가요?"

"미열이 계속 있고 몸살 기운도 있어요. 과민성 대장염 도 심해졌구요."

"최근에 스트레스 받는 일이 있으셨나요?"

"스트레스요? 글쎄요. 워낙 스트레스나 부정적인 감 정에 좀 무뎌서요. 우울증도 신체 증상으로 알았는걸요."

"음, 제 생각으로는… 그 병이 다시 재발하신 것 같은 데요."

"네? 아! 그런 건가요?"

"잠 못 주무시고 과민성 대장염에 위 무력증과 근육통까지…. 아무래도 다시 저쪽 병원에 가보시는 게 좋을 것 같아요. 일단 신경안정제랑 진경제, 소화제 일주일 치 처방해 드릴게요. 일단 약 드시고 조금 편안해지시면 병원에 꼭 가보세요."

"네, 역시 그렇네요. 말씀 듣고 보니."

○

잠이 안 오기 시작하면 병원에 다시 가기로 했었지. 배가 아파서 잠을 못 잤던 게 아니었구나!

아…. 우울증을 알기는 뭘 알아. 이런 작고 초라한 나 같으니라구.

우울증을 바라보는 시선들

할 말은 많으나
하지 않겠음.

남편

맨날 머리 아프다 하고, 외출만
하고 오면 감기몸살에 걸리는 것
이 참으로 허약한 체질이다 생각
했음.

딸, 아들

정신과는 후기를 남기지 않는다

원래 잠 많던 애가 맨날 자느라 저러는구나 생각했음. 집이 너무 지저분한데도 치운 거라고 하길래 은근 살림에 소질이 없다 했음. **부모님**

애 키운다고 집에만 있더니 바보가 되었다고 생각했음. 여행 못 다니고, 맛집 못 가고, 쇼핑 못 해서 저러지 싶었음. **형제**

그냥 여자는 결혼해서 애 낳으면 다 저렇게 되나? 하고 생각했음. 모임 총무를 바꿔야 하나, 기다려야 하나 고민했음. **친구들**

141

여섯 번째 의사

여섯 번째 의사는

60대 여자였다.

베테랑 의사와

베테랑 환자가 만났다.

"6개월 정도 단약을 했거든요. 다시 약을 먹어야 해서 왔어요. 마지막 처방전은 핸드폰 사진으로 찍어 뒀어요."

"처방전 좀 볼까요? 근데, 어떻게 다시 약을 드셔야겠다고 생각하셨어요? 보통 잘 모르는데."

"제가 좀 감정적으로 무뎌요. 그래서 신체 증상으로 알거든요. 몸의 긴장이 안 풀려서 물도 안 넘어가고 밤에 잠도 못 자고. 뭐 그래서 위장병이라 생각해서 내과 갔더니 우울증 다시 온 거라고 하더라구요. 신경안정제 이틀 먹었더니 몸이 확 편해지는 게, 그 말이 맞구나 싶어서 왔어요."

"감정적으로 무디다는 건 어떤 거예요?"

"아, 제가 원래 엄청 다혈질에 욕을 입에 달고 사는 사람이었거든요. 임신하면서 출산, 육아 관련된 책 보니까 화를 내면 태아의 세포 분열에 안 좋다고 쓰여 있더라고요. 제가 약간 간서치거든요. 모든 책이 엄마는 화내지 말고 생각을 하라고 하더라구요. 감정을 계속 평평하고 두툼하게 유지하려고 노력했어요. 그렇게 집착하다 보니까 어느 순간부터 제가 어떤 기분이고 어떤 상태인지 모르겠더라구요. 어느 날 컨디션이 안 좋으면 나 왜 이러지? 무슨 일 있었나? 엊그제 그거 때문에 화가 난 건가? 이러고 있었어요."

"아이고, 나도 그러다 망했는데. 억지로 애쓰다 말이죠. 책이 참. 다 맞는 얘긴데, 아무리 해도 나는 안 되고. 애들은 막 순식간에 제 멋대로 커버리고. 그러면 막 좌절스럽고. 그죠?"

ㅇ

다른 사람이 망했다는 우울한 이야기에 이렇게 기뻐
해도 될까? 이 선생님 자제분들은 다 성인일 텐데, 아직도
그 망함이 이어지고 있는 건가?

정신과 의사도 피할 수 없구나, 진짜 끝이 없는 거구나
싶었다. 마음속 퍼즐이 마침내 완성되는 기분이었다.

선호하는 특정 수면제를 처방에 넣어달라는 내 말에
도 "오, 나도 그 약 좋아하는데"라고 받아주는 저 여유.

이 의사는 원장이 자리를 비운 몇 달 동안만 임시로 진
료했다. 필요한 시점에 딱 맞는 사람을 만났다. 행운이었다.

약은 기존에 먹던 대로 처방을 받았고 2주 정도의 인
사불성 시기를 거쳐 약간 무디고 조금은 느린, 우울증 환자
의 모습으로 다시 돌아왔다.

모든 것이 제자리로 돌아왔지만, 실패했다는 생각은
들지 않았다. 오히려 내 자리를 찾은 기분이었다.

일곱 번째 의사

일곱 번째인 지금 의사는

30대 초반의 소아청소년 전문의이다.

내 진료와 함께 아이들 문제에 대한

조언을 동시에 받고 있다.

o

    인간관계나 일에서 오는 스트레스는 사실 몇 가지 패턴의 반복이라 어떻게 하면 풀 수 있는지, 무엇을 포기해야 하는지 정도는 알고 있다. 하지만 아이들을 키우는 일은 멀쩡한 사람도 돌아버리게 만드는 초고강도 스트레스를 선사한다. 결국 해냈다는 벅찬 기쁨을 느끼는 순간, 듣도 보도 못한 새로운 문제가 시작되기 때문이다.

    "얼마 전부터 작은아이가 누나는 자기랑 안 놀아주고 친구들이랑만 논다고 너무 속상해해요. 이제 누나는 가족보다 친구가 좋을 때가 되었다고 설명해도 받아들이질 못하네요. 큰아이가 친구랑 전화 통화라도 하고 있으면 작은아이가 자기한테는 쌀쌀맞게 대하면서 친구한테는 상냥하다고, 서운하다며 엉엉 울고 난리도 아니에요. 도대체 어떻게 해야 하는 건지 도통 모르겠어요. 건강한 엄마는 어떻게 하나요?"

    이런 식으로 한 달에 한 번씩 상담을 받는다.

○

우리 아이들은 가끔 학교에 늦곤 한다. 그러면 난 아이들 담임 선생님에게 문자를 보낸다.

"아이가 속이 좀 안 좋아서 가라앉으면 보내겠습니다."
"아이가 감기 기운이 있네요. 괜찮을지 조금 더 살펴보다가 보내겠습니다."

맞다. 다 거짓말이다.

가끔 내가 못 일어나는 날과 아이들이 늦잠 자는 날이 겹칠 때가 있다. 눈을 떴는데 등교시간이 지나 있어도 아이들은 당황하지 않는다. 오전에 특별히 좋아하는 과목이 없을 경우엔 대범하게 좀 더 자기도 한다. 어찌어찌 등교 준비가 끝나면 "엄마, 문자 뭐라고 보냈어?"라고 물어본 후 소화불량이나 감기 모드를 장착하고는 쉬는 시간에 맞춰 여유롭게 집을 나선다.

이렇게 모든 것은 시간의 일이다.

에필로그

그때의 나는 매일, 매 순간 자책하고 있었다.

오후 늦게 겨우 일어나 큰아이 유치원과 작은아이 어린이집에 거짓말을 둘러댈 때마다, 온 힘을 다해 청소를 하는데도 항상 폭탄을 맞은 것처럼 난장판인 집을 볼 때마다, 하루 종일 일어나지 않는 엄마 때문에 집에 갇혀 쫄쫄 굶으면서도 '엄마 빨리 건강해지세요'라고 써서 베개 옆에 붙여 놓은 아이들의 색종이 편지를 볼 때마다 나 자신에 대한 분노가 미친 듯이 치밀어 올랐다.

그럼에도 절대로, 절대로 고쳐지지 않았던 나의 게으름.

정말, 죽고 싶을 정도로 내가 미웠다.

정신과는 후기를 남기지 않는다

○

　처음에는 큰 병에 걸렸구나 싶어 온갖 진료과를 순례
했다. 기초적인 피 검사부터 골다공증 검사까지 온갖 검사
를 모조리 받아 보았지만 모든 결과가 정상이었다. 그때도
위장병과 전신 통증, 무기력증, 불면증, 피부병을 한꺼번에
앓고 있었다.

　마지막까지 애써 외면하다가 자포자기한 심정으로 찾
아간 곳이 정신과였다.

　검사지를 작성해 제출한 후 몇 분 되지 않아 그 자리에
서 넉 장짜리 결과지를 받았다.

　"우울증 맞네요."

정신과 의사의 입에서 그토록 찾아 헤맸던 정답을 들을 수 있었다.

1주일 후 같은 시간을 예약하고 약을 받아왔다.

흔히 우울증을 '마음의 감기'라고 하더니 진짜 그렇게 간단한 것이었다.

'한 일주일 푹 쉬면 낫는 간단한 병인데 그걸 모르고 괜히 고생했네. 금방 낫겠군.'

그렇게 생각했다. 속이 시원했다.

그땐 그랬다.

○

우울증.

누구에게, 어떻게 묻느냐에 따라 그 '결'과 '층'이 많이 다르다. 그리고 답변을 제대로 이해하려면 준비가 필요하다. 쉽지 않은 일이지만, 그렇다고 복잡하고 어려운 일은 아니다.

발가락 하나 잃은 거라고 생각하면 된다. 대중목욕탕에 가지 않는 한 다른 사람은 모른다. 나만 알지. 다시 생겨나는 일은 없을 거다. '발가락은 열 개'라는 기준으로 굴러가는 세상에서는 약간 불편하고 숨기고 싶은 일이다. 하지만 어쩌겠는가. 받아들이는 거다. 남아 있는 발가락 아홉 개를 잘 보살피면서.

곧 다른 사람의 상실도 눈에 들어온다. 기본이라고 생각했던 것을 완전하게 갖춘 사람이 의외로 드물다는 것에 놀라게 된다. 손가락이 아홉 개인 것보다는 낫다는, 뭐 그런 기준도 생기고. 앞으로 계속 무언가를 잃어가면서 살게 될 거란 사실도 알게 된다.

우울증 치료를 받기 시작한 지 8년이 된 지금은 '마음의 감기'라는 표현을 볼 때마다 굵고 시뻘건 펜으로 벅벅 긋고 싶은 충동을 느낀다. '뇌의 고혈압'이나 '뇌의 당뇨병' 정도로는 부족하다. '뇌의 심근경색'쯤 되어야 어울릴까?

○

어릴 때 황당한 짓을 저지르거나 엉뚱한 고집을 부릴 때면 주변에서 "야, 너 약 먹었냐?" 혹은 "이제 약 먹을 시간인가 보다" 같은 말을 많이 들었다.

언젠가 취침약을 챙기는 나를 보고 남편이 "약 먹을 시간이구먼" 하고 농담을 했다가 분위기가 어색해진 적이 있다. 막상 정신과 환자가 되어 진짜로 시간 맞춰 약을 먹어야 하는 사람이 되니 그전에 상상했던 다이내믹한 모습과는 몹시 거리가 멀다는 걸 알게 되었다.

○

정신과는 '아무것도 아닌 일'에 용기와 에너지를 쥐어
짜야 할 때마다 그 상황과 감정에 지나치게 압도되지 않도
록 약물로 방어막을 만들어준다. 약이 몸속을 돌아다니는
각종 호르몬의 농도를 '정상' 범위로 조절하는 거다. 그런데
아이러니하게도 '정상'을 판단할 수 있는 건 오직 나 자신
뿐이다.

병원을 가겠다는 대단한 결심을 했다면 바로 전화기를
들어 예약을 하자. 예약된 날 늦지 않게 집을 나서서 병원
대기실에 얌전히 앉아 기다리자.

다리가 부러졌을 때와는 다르다. 누구도 선뜻 부축해
주거나 배려하지 않는다. 스스로 서야 한다. 제때 병원에
가고 약 잘 챙겨 먹으면서 지극 정성을 다해 스스로를 돌봐
야 한다.

정신과 진료비는 비싸지 않다. 의원의 경우 보통 1만 원 내외인데 약이 정해지면 한 달에 한 번만 방문하면 된다. 약값도 비싸지 않다. 대안이 없을 때만 보험 적용이 안 되는 약을 사용하는 나의 경우 한 달에 2만 원 정도 지불하고 있다.

큰 비용이 나가는 것은 검사비와 별도의 상담사와 진행하는 상담치료 같은 경우인데 예약할 때 미리 물어보고 확인하면 된다.

일반적인 우울증 검사비는 10만 원대로 진로적성검사 등과 비교했을 때 터무니없지 않다고 생각한다.

원하는 경우 동네 병원에서 진료의뢰서를 받아 대학병원에 갈 수 있다. 진료비는 5만 원이 넘기도 하지만, 약을 석 달치까지 받을 수 있으므로 비용 면에서는 큰 차이가 없다. 다만, 초진 예약의 경우 반 년 이상 대기해야 할 수도 있고 예약을 했어도 정신과 특성상 상황에 따라 길게는 서너 시간까지도 지연될 수 있기 때문에 시간적 여유가 필수다.

동네 정신과 의원의 초진 예약은 길어도 일주일을 넘지 않는다. 애절하게 부탁하면 융통성을 발휘해준다.

초진 예약을 할 때는 진료 시작 시간이나 끝날 때 등 여유가 있는 시간대로 하길 권한다. 이것은 서로를 위한 배려이다.

정신과의 가장 힘든 점은 대기실이다. 사람이 많을 수록 긴장감이 높아져 불안해진다. 어색한 분위기가 공포로 바뀌는 건 순식간이다. 나만 빼고 다 미친 사람 같기 때문이다.

　　병원에 적응이 되면 ADHD를 앓고 있는 어린이, 학교 생활이 힘든 중고생, 거식증이나 폭식증에 시달리는 청년, 우울증에 빠져 허우적대는 중년, 불면증으로 고통 받는 노인 등 다양한 사람이 모인다는 것을 알게 된다.

남보다 연약한 멘탈을 가진 사람들이 뽑힌 잡초처럼 시든 얼굴로 모여드는 곳. 앞 사람이 진료실에 들어가 30분이고 1시간이고 나오지 않아도 어떤 상황인지 짐작하고 아무 말 없이 시무룩함만 덧칠하는 곳. 약만 받으면 된다는 환자에겐 얌전히 차례를 양보하는 곳.

정신과는 그런 곳이다. 여리여리하다.

생명은 있지만 삶은 없는 일상이 이어진다.

휴식이나 여행 같은 이벤트도, 오늘부터 시작되는 새로운 도전도 없다. 없어야만 한다. '오늘도 무너지지 않았어. 다행이야' 하며 잠드는 것이 유일한 목표가 된다.

○

웃고 싶은데 웃어지지 않고, 울고 싶은데 울어지지 않고, 자고 싶은데 잠을 잘 수 없는 것은 병이 아니라 증상이다. 병원에 다니고 약을 먹으면 증상을 없앨 수 있다. 하지만 병이 낫지는 않는다.

그런데,
그래도,
병원에 가면
살아낼 수 있다.

언젠가는 살아남아 후기를 남길 수 있다.

정신과는 후기를 남기지 않는다

우울증은 치료기간이 길다.

당신도 우울증으로 고민하고 있다면 부디 자신과 잘
맞는 의사를 찾을 수 있기를.
그래서 소소한 행복과 삶의 쿠얼-리티를 되찾으시기를.

피이쓰-

정신과는 후기를 남기지 않는다

2018년 12월 12일 초판 1쇄 | 2021년 6월 3일 3쇄 발행

지은이 전지현
펴낸이 김상현, 최세현 **경영고문** 박시형

책임편집 김선도 **디자인** 임동렬
마케팅 양근모, 권금숙, 양봉호, 임지윤, 이주형, 신하은, 유미정
디지털콘텐츠 김명래 **경영지원** 김현우, 문경국
해외기획 우정민, 배혜림
펴낸곳 팩토리나인 **출판신고** 2006년 9월 25일 제406-2006-000210호
주소 서울시 마포구 월드컵북로 396 누리꿈스퀘어 비즈니스타워 18층
전화 02-6712-9800 **팩스** 02-6712-9810 **이메일** info@smpk.kr

ⓒ 전지현 (저작권자와 맺은 특약에 따라 검인을 생략합니다)
ISBN 978-89-6570-731-8 (03810)

팩토리나인(Factory9)은 독자 여러분의 책에 관한 아이디어와 원고 투고를 설레는 마음으로 기다리고
있습니다. 책으로 엮기를 원하는 아이디어가 있으신 분은 이메일 book@smpk.kr로 간단한 개요와 취
지, 연락처 등을 보내주세요. 머뭇거리지 말고 문을 두드리세요. 길이 열립니다.

* 이 제작물은 아모레퍼시픽의 아리따글꼴을 사용하여 디자인 되었습니다.